CASSANDRE, AUBERGISTE, PARADE.

PAR L'AUTEUR DE GILLES,
Garçon Peintre.

Prix, vingt-quatre sols.

A LONDRES,

M. DCC. LXV.

ACTEURS.

CASSANDRE.

LEANDRE.

ISABELLE.

GILLES.

VISAUTROU.

CASSANDRE,
AUBERGISTE,
PARADE.

SCENE PREMIERE.

GILLES *en Cuisinier.*

Allons vla qui zeſt dit Liche plat qu'on
mette la carcaſſe de ce vieux dindon à la
ſauſſe varte, le cou, la tête & les aîles en
marinade, & mamſelle Iſabelle aura ſoin de
ferrer les cuiſſes juſqu'à ce que je rentre.
Faut convenir d'un z'aveu ſincère que je ſais
t'un métier d'une fatigue bien pénible, du depuis que feu monſieur le bonhomme Caſſandre, notre maître, s'eſt aviſé de vendre ſa

A ij

charge de Sergent du guet zà pied pour devenir hôtelier d'auberge à sept sols tant par cul que par tête ; Il faut, sa pauvre fille & moi, nous remuer jour & nuit pour le public. Enfin finale ça finira : je m'en vas t'a la boucherie acheter l'emplette de queuque abbatis de foye & de rate, car pour du mou, ce n'est pas ce qui manque à la maison & ça devient trop commun dans Paris pour nos pratiques... Mais queux surprise d'étonnement...

SCENE II.

LEANDRE, GILLES.

GILLES.

La peste me creve, ou le diable l'emporte c'est lui, c'est monsieur le beau Leandre, il ne me paraît quasiment pas changé depuis trois ans que j'ai quitté son service parce que je n'avais plus le moyen de le faire vivre.

LEANDRE.

Morbleu, sangbleu, jourbleu, grisbleu, noirbleu.

GILLES.

Ah! queux parjures!

LEANDRE.

Je veux que quatorze millions d'escadrons
de pipes....

GILLES *lui frappe sur l'épaule.*

Et là donc ; tout doux, mon petit papa.

LEANDRE.

C'est toi, Gilles ! Tiens, mon ami , laisse-
moi , je suis fou.

GILLES.

On le voit de reste.

LEANDRE.

Enragé.

GILLES.

Miséricorde.

LEANDRE.

Je veux me tuer.

GILLES.

Eh bien, ne vous gênez pas ; voilà de la
place.

LEANDRE.

Non ; puisque je te trouve, je veux que tu
me dises comment il faut que je me tue pour
expirer subitement de ma mort.

GILLES.

Mais dame sur ces petites choses-là chacun
a son goût.

LEANDRE.

Oh, fi je fçavais nager, je me ferais déja noyé plus de vingt fois.

GILLES.

Prenez d'la poifon.

LEANDRE.

Nenni vraîment, Gilles, j'ai trop peur de la colique.

GILLES.

Eh bien, un piftolet....

LEANDRE.

Le mien a déja raté plus de quatre fois.

GILLES.

Ce n'eft pas le feul outil qui vous rate. Eh bien, Satinon, quatre & douze vla votre affaire, un bon clou, zune bonne réfolution ; z'une groffe corde, & puis cric, cric.

LEANDRE.

Infolent. Eft-ce qu'il z'eft de la bienféance d'un Gentizhomme de ma nobleffe de mourir comme zun coquin en faifant la grimace en l'air ? Non, c'eft zun parti pris, je veux me laiffer expirer de faim fans manger jufqu'à l'extrémité du dernier foupir des jours de ma vie.

GILLES.

Fi donc, ça vous changerait trop la figure, perfonne ne voudra plus vous regarder quand vous s'rez mort ; & qu'eft-ce qui vous a précipité dans c'te montagne de défefpoir là.

LEANDRE.

Je fuis t'amoureux comme un Crocodile d'une cruelle qui répond à l'ardeur d'ma flamme, mais fon pere eft une bête qui pour fûr me la refufera fans doute.

GILLES.

Pardine, il n'y a qu'à roffer le pere, enfier la fille....

LEANDRE.

Faut que tu fçaches, mon zami que d'puis que la paix t'eft faite je me fuis jetté dans la guerre par mon zamour pour la gloire. Mais ça ne fuffit pas d'être engagé Soldat dans le Régiment de Paris. Il faut z'avoir une maîtreffe pour ourler la cravate , rapiécer les guêtres & nouer la cocarde.

GILLES.

C'eft jufte. Zun bon Militaire ne va pas fans mirliton.

LEANDRE.

Je me fuis coulé dans les inclinations d'une

belle, jeune & chaſte Zizabelle la ſille de M. le bonhomme Caſſandre, Marchand Aubergiſte en détail.

GILLES.

Ah, c'eſt donc pour ça que tandis que j'é-tois dans mes terres à Clamart, vous êtes venu loger ici céans par étape. Eh bien je vous dis & je vous douze que faut tirer de là vos chauſſes & rengaigner votre affaire.

LEANDRE.

Comment z'inſolent....

GILLES.

Mamſelle Ziſabelle eſt zune fille dont de laquelle zon ne peut pas l'y arracher un che-veu de ſon honneur.

LEANDRE.

Eſt-ce que tu la connais?

GILLES.

Vla-t-il ſept mois paſſés que nous couchons t'enſemble ſous le même toît.

LEANDRE.

Tu z'es donc le valet de M. Caſſandre qui ſe dit le pere de ma chère Iſabelle?

GILLES.

Vous vla deſſus.

LEANDRE.

LEANDRE.

Ah, Gilles ! mon zhonnête ami, quel service d'obligation !....

GILLES.

Et non, ne bougez pas, je vous sens de là.
Quoique Cuisinier, je suis brave garçon. Je ne
vends que de la chair cuite.

LEANDRE.

Seulement pour voir les deux yeux de ma
chere zamante.

GILLES.

Eh ben, ça ne tardera pas. J'entends quelqu'un qui se grouille, c'est zelle-même. Dame,
ne vous impatientez pas, si elle ne vient pas
vîte, c'est que cte Dlle-la n'a pas l'habitude de
marcher sur les jambes.

SCENE III.

ISABELLE, LEANDRE, GILLES.

LEANDRE.

Est-ce bien votre cher bras que je touche
ma chere Zifabelle ?

ISABELLE.

Est-ce bien le vôtre que je tiens, mon beau
Léandre ?   B

LEANDRE.

Ma chère Maîtresse!

ISABELLE.

Mon cher zamant!

LEANDRE.

Est-il donc vrai ce qu'on répéte? votre père est dans la dissolution de vous marier en nœud légitime avec autrui?

ISABELLE.

Zhélas! il me l'a t'annoncé, c'est comme s'il m'eût poignardé les entrailles.

LEANDRE.

Chère cruelle, quand zil ne tient qu'à vous d'avoir le beau nom de Léandre, vous prendrez sur vous d'en porter un autre?

GILLES.

Vla ce que c'est que d'avoir un père. Que ne faites-vous comme tant de gens qui s'en passent?

ISABELLE.

Za quoi va nous servir cette belle promesse de mariage que nous avons signée conjointement?

LEANDRE.

Allez, ma chère zamante, je suis Gentil-homme, on ne sçait pas ce qui peut arriver,

nous avons toujours eu raison de faire ça
zenfemble, & je n'ai qu'un chagrin.

ISABELLE.

Et qu'eft-ce qui vous en donne mon zamour?

LEANDRE.

C'eft de n'avoir pas eu la prudence de vous
engroffer tout de fuite, afin que votre père
qui en verrait la chofe, ne mit plus d'empê-
chement au nœud nuptial de notre mariage.

ISABELLE.

Z'en vérité, monfieur, ça vous eft bien facile à dire.

GILLES.

Plus qu'à faire.

LEANDRE.

Mais puifque ça ne z'eft pas, jurez-moi du
moins par ferment, ma chère Zifabelle, z'en
préfence de Gilles qui zen fera le témoin ocu-
lifte, que jamais t'aucun zautre ne vous appar-
tiendra t'en chofe propre que votre fidéle
amant.

ISABELLE.

Puifqu'il vous faut zun ferment, cher bar-
bare, voilà que je vous le donne.

LEANDRE.

Je vous le prends, mon zamour.

GILLES *tire Léandre & le pousse.*

Et moi je vous l'ôte. Garre, garre vla Mr.
Cassandre.

LEANDRE.

Mais écoute.

GILLES.

Nenni nenni, je tire d'ici mes chausses.

SCENE III.

ISABELLE, CASSANDRE, LEANDRE.

CASSANDRE.

Un zhomme avec ma fille ! ah queux indi-
gnation de surprise.

ISABELLE.

Il ne faut pas, mon petit papa, que la tête
vous tourne pour une bétise. Monsieur zeft
un jeune cavalier qui zeft venu loger chez nous,
voilà qu'il en fort & moi je veux qu'il y rentre.

CASSANDRE.

Tout ça zeft bel & bon; mais apprenez
qu'il n'eft pas de l'honnéteté d'une fille modeste
de fe méler de loger chez foi un jeune garçon.

LEANDRE.

Monfieur, j'ai toujours entendu dire qu'il

vaut mieux montre run trou qu'une tache. C'eſt pourquoi je me proſtitue aux genoux de vos pieds pour vous faire zune ouverture de la vérité, vous voyez t'en moi un zamant qui brûle de la plus grande ardeur de flamme pour les beaux yeux des attraits de votre belle & chaſte Iſabelle.

ISABELLE.

Ah, Léandre, vous me faites rougir de pudeur.

CASSANDRE.

Un zamant à ma fille ! ah ſi j'en croyais le couroux de ma colère, c'eſt que je lui donnerais cent coups de pieds ſur le ventre.

LEANDRE.

Arrétez, Monſieur, prenez garde, on ne ſçait pas en quel état zune Dlle peut être.

CASSANDRE.

Et vous, Monſieur l'inſolent qui zavez l'audace de me demander ma fille zen nœud légitime, apprenez que depuis plus de cent ſiécles de père en fils les bonshommes Caſſandres ont toujours été raides ſur la choſe de l'honneur, & que je ne ſuis pas d'une compléxion à zaccorder ma fille à zun premier venu comme vous.

LEANDRE.

Qu'eſt - ce à dire un premier venu , apprenez par toi-même que je ſuis Gentizhomme né d'une nobleſſe d'épée , & qu'on za vu courir après moi des Dlles qui zavaient l'honneur tout auſſi grand que votre Ziſabelle.

CASSANDRE.

Vla qui z'eſt fini, chacun le fait comme il le ſent. Rentrez , petite libertine. Ah je ne vas pas mal vous mettre en pénitence... Je vous apprendrai ſi une Jeuneſſe de votre âge ne peut pas ſuffiſamment s'amuſer quand elle a l'uſage de ſes dix doigts , ſans être toujours fourée auprès des hommes. Allez , allez,

LEANDRE.

Tenez , M. le bonhomme Caſſandre, je vous parle avec politeſſe & reſpect , mais je veux que cinq cent millions de diables vous crachent ſur l'eſtomac... je... je perdrai plutôt mon nom que de ne le pas faire prendre à votre fille.

CASSANDRE.

Je ſuis t'un homme zhumain qui ne veut pas de mal t'à zautrui , mais j'aimerais mieux vous voir pendu que non pas que vous ſoyez mon gendre.

LEANDRE.

Laiffez-moi faire ; je la violerai de fon con-
fentement volontaire.

CASSANDRE.

Si je fçavais qu'elle l'ouvrît pour vous, je
lui couferais de ma propre main la bouche.

LEANTRE.

Allons vla qui z'eft dit. Je fuis tout en vous,
M. Caffandre.

SCENE V.

CASSANDRE, *feul.*

Voyez t'un peu queux embarras d'inquiétude, queux interdiction pour zun pere qui zeft
dans les vieux jours de fes années. Vla d'un
côté ma fille qui zeft prête à fe dérégler, de
l'autre zun repas magnifique de commande
qu'il me faut dreffer ce foir pour 60 perfon-
nes mâles & femelles à raifon de 6 fols l'un
portant l'autre. C'eft zun coup de fortune, mais
ma fille, c'eft zune chofe d'honneur, mon zin-
térêt fe porte d'un parti ; mais quand il zeft
queftion de l'affaire d'une fille, on fent bien
que la nature fe tourne toujours de ce côté-là.

Encore ſi j'avais là ce benêt de Gilles pour
me donner queuques conſeils de génie ; mais
où ſera-t-il zallé ? vla qui me paſſe. J'ai beau
pour l'engager dans la choſe de ſon devoir,
lui faire de petits préſens, comme d'un zetui
à peignes, pour quand il aura des cheveux,
d'un chauſſe-pied pour mettre ſes ſabots, ce
coquin, ce fripon, ce pendart.

SCENE VI.

GILLES, CASSANDRE.

GILLES *arrive tout doucement, & marche
derrière Caſſandre.*

VLA feu notre Maître qui radote.

CASSANDRE.

Si je n'avais pas peur de câſſer mon Jérôme,
c'eſt que je lui en donnerais plus de vingt
coups par jour. Ah ! te vla, Gilles. Je parlais
de toi, mon ami.

GILLES.

Je m'en doute. Je vous avertis, notre Maître, que toutes ces petites familiarités-là ne
me conviennent pas, & que je finirai par vous
donner votre congé.

CASSANDRE.

CASSANDRE.

Ne l'irritons pas. J'ai affaire de lui. Écoute,
Gilles, il faut se faire une raison. Il est essen-
tiel, vois-tu, qu'un Maître rosse de tems en
tems quelquezun dans sa maison, soit sa femme, son valet, son chien, sa fille ; ce n'est
pas par colère, mais seulement pour conser-
ver le bon ordre & la décence.

GILLES.

Commencez toujours par vot' chien &
vot' fille.

CASSANDRE.

As-tu du papier ?

GILLES.

Non, j'ai usé ce matin le dernier morceau,
là où vous sçavez.

CASSANDRE.

Fi-donc, tu mets toujours de la malpro-
preté dans tes godrioles.

GILLES.

Et pourquoi faire ce papier ?

CASSANDRE.

Pour dresser l'état du mémoire du menu du
repas que zon m'a demandé ; mais il me vient
une idée, ton habit est blanc, vla un charbon
noir, approche.

C

GILLES.

Comment ?

CASSANDRE.

Laiſſe-moi faire : tiens-toi ferme.

GILLES.

Finiſſez donc, vous me chatouillez.

CASSANDRE *compte par ſes doigts.*

Un dindon à la crapaudine, un maquereau à la broche, un alloyau à la cuilliere.

GILLES.

Pardine ſi vous m'écrivez l'état ſur le dos je n'aurai beſoin que de montrer le cul pour porter la carte. Sauf votre reſpect notre maître, vous n'étes qu'une bête, ſans vous donner tant de tintoin faites prendre à crédit d'hazard un bon repas tout cuit dans la rue de la Huchette, là où zon trouve des piéces entières qui n'ont encore été qu'à moitié mangées, & puis vous ferez faire zun tour de caſſerolle à votre fille, je mettrai le jus dedans & vla votre choſe prêt.

CASSANDRE.

Il a ma foi raiſon, auſſi bien ai-je un autre embarras d'inquiétude, ma fille eſt zune tête chaude.

GILLES.

Oh, ce qu'elle a de plus chaud, ce n'eſt pas
la tête.

CASSANDRE.

Je te dis que c'eſt zune fille de bon ſens qui
parle de tête.

GILLES.

Eh bien oui elle parle d'en haut, elle agit
d'en bas.

CASSANDRE.

Vas-tu commencer tes équivoques, ce co-
quin-la quand il eſt une fois ſur l'honneur de
ma fille on ne peut pas l'en ôter. Je te parle
d'une confidence ; je te dis que je ſcais le reſpect que je dois à ma fille qui zeſt une admi-
ration de modeſtie ; mais malgré tout cela
une jeune fille qui court toutes les nuits avec
des garçons, on ſcait ben qu'elle ne va qu'à la
Courtille, aux Porcherons & dans de bonnes
maiſons connues de la Police, ça ne fait pas
moins jaſer.

GILLES.

Oh qu'à ça ne tienne, elle reſſemble à feue
ſa mère, qui zétait votre femme, ce n'eſt pas
ce qu'on lui dit qui la touche.

CASSANDRE.

Je veux la marier pour zavoir des petits enfans de la façon naturelle de mon gendre ; mais parmi les 67 amans qui tortillent autour d'Isabelle, & qui lui font l'amour, je ne sçais pas celui qui lui fait le mieux ?

GILLES.

Vous n'avez qu'à lui demander.

CASSANDRE.

Non, c'est une fille trop innocente, ça se laisse faire comme un enfant sans seulement y prendre garde ; vla ce qui m'embarrasse.

GILLES.

Eh bien, que le diable vous emporte & que la peste me crève, je m'en vais vous tirer de là, tenez, il n'y a pas de bête dans le monde qui ne cherche son semblable, c'est pourquoi j'ai envie d'entrer dans votre famille, baillez-moi votre fille.

CASSANDRE.

Comment zinsolent, ma fille à un valet !

GILLES.

Pardi vous me donnez six écus par an pour mes gages, j'aime autant n'en gagner que trois & être votre gendre. Vla comme je parle moi.

CASSANDRE *lève son bâton.*

Et vla comme je réponds.

GILLES.

'Allons donc feu notre maître votre Jerof-me n'a pas le fil.

CASSANDRE.

Pour me tirer de ce tripot d'inquiétude, j'ai zécrit à M. Villebrequin mon ancien ami qui s'est retiré en Normandie, afin qu'il m'en-voye au plutôt par le roullier un gendre tout complet, & c'est aujourd'hui que j'attends M. Visautrou, Maître Apoticaire, garçon très-entendu pour sa manière de faire valoir ses parties. Vla qu'il arrive tout - à - l'heure du Maine pour épouser ma fille.

GILLES.

Du Maine! Fi donc, Monsieur, il n'arrive de ce pays-là que des chapons.

CASSANDRE.

Tais-toi ; ne vas pas mettre ça dans la tête de Zisabelle. La vla qui vient tout à point.

SCENE VII.

ISABELLE, CASSANDRE, GILLES.

CASSANDRE.

Approchez, ma fille, paroles ne puent pas. Je veux vous marier. Il y a vingt ans que votre mère est morte, & vous en avez bien-tôt dix-huit.

ISABELLE.

Mon cher père, je vous dirai tout net que j'aurais de tout mon cœur attendu que vous fussiez crevé avant de m'unir d'un légitime mariage, attendu qu'il zest dangereux de vous laisser tout seul, parce que vous êtes trop bon & que vous laissez tout aller sous vous.

CASSANDRE.

C'est la nature qui zagit par ma générosité; Mais écoute, tu zes ma fille.

GILLES.

Ah, c'est bientôt dit.

CASSANDRE.

Qu'est-ce que cela signifie ? Je te prouve que Zisabelle est ma fille.

GILLES.

Ça se peut ben, mais vous n'auriez pas sou-
tenu ça devant votre défunte.

CASSANDRE.

Laisse cet insolent , & songe que mon zuni-
que contentement est de te voir unie en nœud
conjugal avec un homme qui soit chaussure à
ton pied.

ISABELLE.

Puisque vous parlez à ma nature & qu'il est
question de votre plaisir, quoique je ne me
sente plus guère de goût pour les hommes,
je veux bien avoir l'humanité de me laisser
mettre en zunion, sans qu'il soit pour ça question d'un Prêtre ou d'un Notaire qui ne ser-
viront qu'à vous coûter de l'argent.

GILLES.

Ah ! Mlle Zizabelle est une fille qui zaime
tant le ménage qu'elle défend à tous ses amans
de moucher la chandelle de crainte que ça ne
la fasse couler en pure perte.

CASSANDRE.

Ça fait ben voir sa modestie. Te vla ; ma
fille , de l'humeur dont je t'aime , c'est pourquoi je compte que tu accorderas ton con-
sentement à zun mari qui va zarriver pour te
le prendre.

ISABELLE.

Et qu'eſt-ce que c'eſt que cette manière d'homme-là?

CASSANDRE.

C'eſt M. Viſautrou, célébre Apoticaire; un garçon que le cliſtere a zannobli.

ISABELLE.

Fi donc, mon cher père ! Eſt-ce que vous devenez imbécille?

CASSANDRE.

Comment, zinſolente?

ISABELLE.

C'eſt que je vous ſignifie que ſi ce chien-là za l'audace de me montrer ſon nez....

CASSANDRE.

Il vous le montrera, Mlle.

ISABELLE.

Je ſuis t'une fille dans mon déſeſpoir à l'y arracher les deux yeux, les deux bras, les deux oreilles, les deux....

GILLES.

Eh ſi donc, Mlle, eſt-ce qu'une honnéte fille touche à ces choſes-là?

ISABELLE.

Tenez, mon cher papa, puiſqu'il faut vous le couper court, je vous dirai que tout zeſt

dit

dit & que je fuis t'en zengagement avec un autre.

CASSANDRE.

Ah, fcorpion impudique !

ISABELLE.

Dame, c'eft le foir d'un jour que vous n'y etiez pas, il vint zun jeune Gentilhomme très-civil pour me demander zune chambre & zun lit ; & comme il était bien propre, je le mis moi-même dans le rez-de-chauffée, mais il trouva que ça était trop humide.

CASSANDRE,

Il avait raifon.

ISABELLE.

C'eft pourquoi par civilité je le conduifis dans la chambre qui zeft au-deffus de l'écurie.

GILLES.

Par civilité.

ISABELLE.

Mais il témoigna qu'il n'y pourrait pas dormir, parce que les chevaux font trop de bruit la nuit zen mangeant.

GILLES.

Pardi vla t'un homme ben difficile à coucher.

D

ISABELLE.

C'eſt pourquoi je fis réfléxions que je me ſuis toujours plu ſur le derrière, & que ma chambre zeſt la plus tranquille, auſſi par civi⸗ lité je l'y menai.

GILLES.

Par civilité.

ISABELLE.

Dès qu'il fut dedans il me jura qu'il s'y trouvait ſi à l'aiſe qu'il y reſterait volontiers toute ſa vie, c'eſt pourquoi par civilité je lui offris de lui céder mon lit.

GILLES.

Par civilité.

CASSANDRE.

Cela eſt tout ſimple.

ISABELLE.

Mais ce fut ben une autre chienne d'hiſtoire.

GILLES.

Gare la civilité.

ISABELLE.

Il ne voulut pas que je m'en aille ; il me jurait qu'il allait plutôt ſortir, il zavait déjà fait une dépenſe de neuf ſols ; ça me ſemblait une bonne pratique, & pour ne pas faire tort à la maiſon, il fallut que je fiſſe la choſe telle qu'il le voulait.

GILLES.

Voyez pourtant zoù conduit la politesse.

CASSANDRE.

'Ah ! malheureuse, vla-t-il pas plus de dix fois que tu me fais de pareils tours, & quel est le séditieux Suborneur qui za fait un pareil outrage à ta vertu ?

ISABELLE.

C'est mon père, M. le beau Léandre, celui-là même avec qui je causais de conversation.

CASSANDRE.

Allons, il ne faut pas qu'une petite misére comme ça nous arrête. M. Visautrou est un homme trop sage pour y regarder de si près, & puis on sçait ben que peu ou prou il manque toujours queuque chose à une fille. Je m'en vais de ce pas le chercher au bureau des coches, songez à le recevoir comme il faut.

GILLES.

Vous scavez ben que ce n'est pas la civilité qui lui manque.

CASSANDRE.

Si ça zest nécessaire prenez l'éponge avec quoi je me fais la barbe pour vous décraffer le corps & le visage ; & toi Gilles pour que ce Léandre, qui lui a fourré tous ces mauvais conseils là dans la tête, ne vienne pas lui en donner encore dans mon abfence , je t'ordonne d'être toujours à côté d'elle.

GILLES.

Pourquoi pas deffus? allez feu notre maître foyez tranquille.

SCENE VIII.

ISABELLE, GILLES.

ISABELLE.

Eh ben fur qu'elle étoile ai-je donc marché! mon cher Gilles, fe peut-il concevoir une pareille difgrace d'infortune, moi zoublier mon cher amant qui zeft mon fang, mon lait, mes entrailles, pour m'abandonner en mariage à zun homme que je ne fçais s'il eft court ou long, gros ou menu, prendrai-je la voye de la douceur qui zeft de me faire engroffer par Léandre, de faire déclarer mon père imbécile, d'empoifonner monfieur Vifautrou d'étrangler Gilles . . . .

GILLES.

Miféricorde !

ISABELLE.

Je ne fçais quel parti fuivre. Si je voyais Léandre, il me ferait prendre le bon. Ah ! c'eft lui-même. O ciel ! il eft furieux comme un Prince.

***

SCENE IX.

LEANDRE, ISABELLE, GILLES.

LEANDRE.

Ou fuis-je ? où vais-je ? qu'eft-ce que je dis ? qu'eft-ce que je fais ? qu'eft-ce que j'apprends, qu'eft-ce que j'ai vû ? qu'eft-ce que je vois ?

ISABELLE.

Mon cher Gilles il fçait tout.

LEANDRE.

Ciel ! terre, mer, air : c'eft un père lui-même qui veut précipiter fa fille dans l'adultè-re, en la forçant d'époufer un homme qui ne lui fied pas plus que des manchettes à une vache.

ISABELLE.

C'eft fenfible, mon cher Léandre & vla monfieur Vifautrou qui zarrive tout droit devers moi pour concluer le malheur de ma mi-fére.

LEANDRE.

Non mort non d'un Diable ça ne fera pas vrai, zon ne dira pas qu'un gentizhomme d'épée fe fera laiffé couper le dos deffus l'herbe, & qu'un vilain qui zeft dans l'habitude de ne prendre les femmes que par derriere aura l'avantage & la gloire de fe préfenter à vous par devant. Que plutôt la foudre me conftipe dans l'abîme des entrailles du ciel. Je m'en vas trouver monfieur votre père, je lui donnerai cent coups de pieds dans le ventre pour le fupplier de me rendre juftice. Je vous faifirai mon rival par le chignon de fa nuque & d'un revers du coup du plat de mon épée. . . .

ISABELLE.

Arrêtez, cher cruel ; vous fçavez qu'il vaut mieux faire dix hommes que d'en défaire un.

LEANDRE.

Non mon chou, c'eft un parti pris zil faut que je tue quelqu'un quand ce ne s'rait que Gilles.

GILLES.

Fi - donc la vilaine envie, faut-il devenir poffédé quand il refte encore tant de petites reffources innocentes, comme la fornication, l'enlévement, le viol.

LEANDRE.

Il a raifon.

ISABELLE

Ah zingrat, que vous connaiffez mal ma tendreffe ! apprenez que je ne fouffrirai jamais que vous preniez la peine de me violer, je vous aime trop pour cela.

LEANDRE.

Queux délicateffe! eh bien fi vous m'aimez....

ISABELLE.

Si je vous aime, ah ciel! tenez c'eft comme un coup de fainte patie du depuis la premiere nuit que nous avons couché enfemble, dès que je vous vois la nature agit & je foupire fans favoir comment cela fe fait.

LEANDRE.

Je vous l'ai pourtant affez montré, puifque vous m'aimez d'une pareille flamme faut-il tant de miftère, vous avez quelque petite chofe devant vous & moi auffi, commençons d'abord par nous marier enfemble & nous verrons enfuite fi zun autre ofera vous époufer.

ISABELLE.

Vla qu'eft fini, je confens d'être zà vous comme femme, mais je vous préviens d'une

chofe, c'eft que quand vous ferez mon mari ;
je ne ferai pas fille à fouffrir que vous me faf-
fiez une région d'enfants à bouche que veux-tu?

LEANDRE.

Je ne ferai que ce qui vous plaira.

ISABELLE.

Il me vient une idée qui zeft une bourde
en façon de ftartagéme dont dans laquelle je
me charge de faire donner votre rival & mon
père, il faudra que vous deviniez tout de fuite
avec Gilles le parti que vous aurez t'à prendre, & comme vous avez de l'efprit.

LEANDRE.

Je ne l'ai pas à beaucoup près fi ouvert que
le vôtre, mamefelle, mais malgré ça...

ISABELLE.

J'entends mon père qui touffe, fichez-moi
le camp tous deux, & fongez à ne pas faire de
bétife.

GILLES.

Vla déja mon imagination qui fe dreffe.

LEANDRE.

Adieu, ma chère Zifabelle, mon fort, ma
vie, mes jours, je vous mets tout dans les
mains, & je vais attendre de vos nouvelles
avec une attente admirable.

SCENE

SCENE X.

CASSANDRE, ISABELLE.

CASSANDRE.

Bon, te voilà seule. C'est comme je t'aime; parce que vois-tu, quand une fille s'amuse ainsi, on est sûr que ça n'a pas de suite. M. Visautrou est là-bas qui se fait décroter par bienséance. Il voulait aussi se faire donner un coup de peigne; mais je lui ai allégué que ça était inutile, & que drès qu'il serait ton mari, tu prendrais soin de sa coëffure.

ISABELLE.

Je le ferai quand il vous plaira, mon cher père.

CASSANDRE.

Quelle modestie !

SCENE XI.

CASSANDRE, ISABELLE, VISAUTROU.

CASSANDRE.

Approchez, M. mon gendre, vla ma
E

fille Ifabelle que je vous propofe à qui vous pouvez en liberté troufler, un compliment & montrer votre fçavoir-vivre.

VISAUTROU.

Mamfelle, comme on lit dans Tertullien au premier verfet de fon Chapitre aux Grâces, *cedebunt armi togibus*, ce qui fignifie en vrai français qu'il faut mettre bas les armes devant la beauté, trouvez bon que je vous dépofe à vos pieds ma feringue, comme un témoignage de l'hommage que je porte à votre fuperbe modeftie, & je ferais trop heureux fi dans ce moment en préfence de Monfieur votre père je pouvais par un petit eflai de mon talent vous prouver, . . .

CASSANDRE.

Il eft évident, ma fille, que Monfieur eft très-fameux pour la chofe du cliftère, & que mon ami Villebrequin fon oncle m'aflure que perfonne ne le pofe plus modeftement que lui aux Dames.

VISAUTROU.

Ce n'eft pas pour me flatter d'un vain éloge de louange, mais on voit un nombre d'Apoticaires, comme les Fleurans, les Culfifles & autres qui vous examinent une place, &

quelquefois ont recours à des lunettes pour
leur grossir leur objet ; mais moi, Monsieur,
le tact me suffit, & dès que j'ai le doigt dessus,
mon affaire se glisse dedans que c'est un charme.

ISABELLE.

C'est pour sur certainement un beau talent.
Je vous dirai, Monsieur, que quoiqu'il ne soit
pas gracieux pour une fille de s'abbandonner à
un homme qu'elle n'a encore ni vu ni manié,
cependant rien qu'à votre vue je me sens dans
la dissolution de zobéir à mon père d'une obéis-
sance respectable.

CASSANDRE.

Je reconnois mon sang, va sois joyeuse je
ferai dresser les articles de votre Contrat
chez M. Brouillonnet mon Notaire, dès que
Monsieur nous aura présenté ses parties.

VISAUTROU.

Pour à l'égard de ce qui zest de l'état de
mes affaires, je vous jure que je n'aurai rien de
caché pour Mamselle.

CASSANDRE.

Comme je ne doute pas que vous n'ayez
un compliment tout prét, je m'en vais vous
laisser seul avec ma Zifabelle pour que vous
lui fassiez plus à votre aise.

ISABELLE.

Il est vrai, mon père, que j'ai trop de pudeur pour me le laisser faire devant vous.

***

SCENE XII.

VISAUTROU, ISABELLE.

VISAUTROU.

Mamselle, puisqu'enfin je touche au doux
moment où il m'est permis de vous seringuer
les éloges qui sont dûs aux mérites de vos
bonnes graces ; je commencerai par vous dire
que je crains si fort que mon cœur ne fasse
mal au vôtre, que ma timidité constipe toutes
mes parties. Oui, belle charmante, le séné, la
rubarbe & la manne de ma boutique ne pur-
gent pas tant les malades que les regards de
vos yeux ne corrigent les humeurs mordican-
tes des amans insensés qui se raniment pour
vous plaire. Vous êtes, jeune Z'isabelle, une
délicieuse pilulle, & votre mérite un orviétan
souverain contre la nullité d'un corps à qui
vous rendez d'un coup d'œil, la vivacité de la
liberté de la vie.

ISABELLE.

Vla, Monſieur, un diſcours qui zeſt beau comme vous-même, & qui ſignifie je crois que je ſuis un emplâtre à tous maux.

VISAUTROU.

Vous avez mis la main deſſus, mon adorable.

ISABELLE.

Tenez, Monſieur, il ne faut pas tant de beurre pour faire un quarteron, ni tant de bois pour parer z'un fagot. Je m'en vais t'avec vous m'expliquer caïphement. Apprenez d'abord que je n'ai jamais trop eu de goût pour le vrai mariage ; mais puiſque ça fait plaiſir à mon père, que j'en faſſe un, & que vous vla tout prêt, je m'y ſoumets, parce que je n'ai jamais eu le courage de rien refuſer aux hommes qui ſe préſentent en bon état, & que malgré la gravelle dont on m'a rapporté que vous aviez peine à vous guérir, vous me ſemblez avoir la tête forte, la vüe faible & l'ouie dure qui ſont les qualités quinteſſentielles d'un mari.

VISAUTROU.

Si vous ſaviez, ma prunelle, comme vous me frottez le cul de miel en diſant des choſes d'un agrément ſi délicieux.

ISABELLE.

J'vous préviens d'une chofe, c'eft que je fuis bonne Chretienne de la religion, & que j'ai fait z'un ferment.

VISAUTROU.

Et de quelle couleur eft-il ?

ISABELLE.

J'ai juré par Mahomet de ne jamais époufer un mari qu'il ne me donne auparavant 1 chofe, une preuve fignalée de fa tendreffe.

VISAUTROU.

Oh, vous n'avez qu'à parler, mon alambic, mon mortier, mon pilon, tout z'eft à votre fervice.

ISABELLE.

Il ne s'agit pas de ça... Vous prenez votre cul pour vos chauffes; il s'agit que je veux être enlevée.

VISAUTROU.

Mamfelle, je vous dirai de bonne foi que je fuis encore jeune, je n'ai jamais enlevé perfonne, & je ne fçais pas comment que ça fe fait.

ISABELLE.

Rien n'eft plus facile à zapprendre. D'abord on entre dans une maifon, on donne au Gilles qui eft le valet vingt foufflets & une piéce de fix fols pour gagner fa confidence.

VISAUTROU.

Et le Gilles ne rend rien?

ISABELLE.

Ce n'eſt pas l'uſage de leur caractère, en-
ſuite on s'approche de ſa maîtreſſe, on la ſai-
ſit poliment de force par le milieu du corps.

VISAUTROU.

Et où la porte-t-on?...

ISABELLE,

Dans une voiture.

VISAUTROU.

Mamſelle, je n'ai pas de voiture qu'une petite charette ſans cheval à qui pour le préſent
il manque un eſſieu & deux roues.

ISABELLE.

On prend un caroſſe de remiſe ſur la place
à qui zon donne une piéce de vingt-quatre
ſols en monnoie & qui vous conduit.

VISAUTROU.

Oh Ciel! & z'où?

ISABELLE.

Dans les Pays étrangers.

VISAUTROU.

C'eſt-il ben loin, Mamſelle.

ISABELLE.

Dame, c'eſt pardelà S. Cloud, S. Denis
Nanterre & la Rapée.

VISAUTROU

Et prend-t-on des cliftères dans ces pays-là ?

ISABELLE.

Allez, Monfieur, n'y a pas de Pays dans le monde où ça ne fe prenne.

VISAUTROU.

C'eft à vrai dire une drôle de fantaifie que vous avez là; mais puifqu'il n'y a que ce moyen d'entrer dans vos bonnes graces, dites-moi quel jour & à quelle heure vous aurez la commodité que je vous enléve ?

ISABELLE.

Je ne crois pas que ce puiffe être pour aujourd'hui, parce que j'ai mes affaires ailleurs. (*à part.*) Je voudrais avoir le tems d'avertir Léandre.

VISAUTROU.

Mamfelle, je vous dirai que ça ne me fait rien, & puifqu'il faut faire le faule, je l'aime mieux plutôt que plus tard ; ainfi nous fommes feuls, je m'en vais, comme vous me l'avez montré, vous prendre par le milieu....

ISABELLE.

Allons donc, cher téméraire.

SCENE

SCENE XIII.

CASSANDRE, *seul.*

CETTE converfation me paraît tirer fur le
long, il faut que je voye un peu où elle en eft,
il a des gens dans le monde qui aiment les lon-
gues vifites ; mais je fçai que ma fille n'a de
goût que pour les courtes, & il ne ferait pas
à propos avant le mariage que M. Vifautrou
prît avec elle quelques petites libertés qui lui
donneraient de faux foupçons fur les quatre
enfans qu'elle a eu l'indifcrétion de fe laiffer
faire. Mais où font-ils donc l'un & l'autre ?

SCENE XIV.

CASSANDRE, GILLES.

GILLES.

OH , Ciel ! ô malheur dont la difgrace eft le
comble de la mifére , de l'infortune. Eh , ran-
gez-vous.

CASSANDRE *tombe.*

Ah , le coquin !

F

GILLES.

Où est M. Caſſandre ? J'ai beau l'épeler M.
Caſſandre.

CASSANDRE.

Et me voilà.

GILLES.

Eſt-ce que ſa gale ſerait rentrée ? eſt - ce
qu'il aurait craché ſes hémorroïdes ? eſt-ce que
le Diable l'aurait emporté ? eſt-ce qu'il aurait
été pendu ?

CASSANDRE *ſe releve & jette Gilles.*

Ah , le coquin. Et me voilà , zinſolent.

GILLES.

'Ah , Ciel ! *Il tombe.*

CASSANDRE.

Je ſuis écraſé.

GILLES.

Monſieur , ne ſuis-je pas bleſſé ?

CASSANDRE.

C'eſt bien plutôt moi , pendart.

GILLES.

Oui , c'eſt ce que je voulais dire. C'eſt le
chagrin qui me pertrouble.

CASSANDRE.

Allons , donne-moi la main.

GILLES.

Tenez, vla toujours le pied en attendant;
'Ah, fi vous fçaviez, notre Maître.

CASSANDRE.

Eh bien, que veux-tu me dire?

GILLES.

C'eft zun malheur.

CASSANDRE.

Quel eft ce malheur?

GILLES.

Devinez.

CASSANDRE.

Eft-ce que tu me prends pour un Sorcier
fçavant dans la Magie?

GILLES.

Oh non; je vous prends pour ce que vous
êtes. Votre fille & l'Apoticaire....

CASSANDRE.

Eh bien?

GILLES.

Ils font tous deux....

CASSANDRE.

Où cela?

GILLES.

Enfemble.

CASSANDRE.

Et où enfemble?

GILLES.

Tous les deux.

CASSANDRE.

'Ah , fcélérat. Si j'avais de la patiençe ; je crois que je la perdrais avec toi.

GILLES.

Faut que vous foyez d'une race bien mau-dite. Votre grand-père a été pendu, on a mis votre père au carcan, votre oncle aux galè-res , votre femme à l'hôpital, vous au pilori ; votre aîné a paffé par les baguettes; votre fille a déja fait quatre enfans , & vla aujour-d'hui zun impofteur qui la zenléve en public.

CASSANDRE.

S. Jupiter, on z'enléve ma fille.

GILLES.

Et c'eft votre chien d'Apoticaire qui lui fiche ce petit malheur-là, il l'a fourré dans une boëte, c'eft un grand homme qui la tire & lui-même qui la pouffe par le cul, parce qu'il dit que les eftatuts de fa profeffion lui défen-dent de parler jamais en face à un vifage.

CASSANDRE.

Me vla donc auffi malheureux que je pou-

vais m'en flatter. Je vois, mon cher Gilles,
ce qu'il faut faire. Je m'en vais d'abord commencer par me trouver mal, c'est le devoir
d'un bon père. Et puis quand je serai bien re-
venu, je courrai après Isabelle, j'étranglerai
ma fille d'un regard, je poignarderai d'un coup
de pistolet son ravisseur. je t'assommerai avec
mon Jérosme, je me précipiterai dans la riviere
de Seine, & demain dès le grand matin quand il
fr'a jour j'irai porter plainte chez le Commissaire.

GILLES.

Faut convenir que vous arrangez ça pro-
prement comme des cheveux sur de la soupe.
Mais queux tapage !

SCENE XIV. & dernière.

LEANDRE, ISABELLE, GILLES, CASSANDRE. VISAUTROU.

LEANDRE.

Vous voyez t'en moi, M. Cassandre, un
Gentizhomme inconnu qui vous a déja parlé
plusieurs fois. Vla votre chère Zizabelle que je
vous ramène toute entière, & saus que rien zy
manque,

CASSANDRE.

'Ah ! Monfieur , vous me remettez l'âme
dans la vie.

ISABELLE.

Mon cher Papa!

CASSANDRE.

Ma chère zenfant.

GILLES.

(Mon petit trou.

LEANDRE.

Je me fuis apperçu fans faire fix blancs de
rien de l'action indigne de cet ambitieux fu-
borneur. J'ai zacouru aux douloureux cris de
votre fille , d'un coup du plat du fourreau de
mon épée j'ai affommé le Brouéteur, j'ai mis
fur le cul Ifabelle & la brouette , je l'ai tirée
tout de fuite , & vous voyez que la vla avec ce
zinfâme que je n'ai pas encore eu le loifir de
tuer à ma fantaifie.

CASSANDRE.

Une auffi belle action zeft une preuve de la
prudence de votre valeur. Mais vous qui zeftes
un garçon fage , zun honnête homme , comment avez-vous fait cette petite vilainie-
là ?

VISAUTROU.

Eh Dame, c'est elle qui m'a dit que son Mahomet....

ISABELLE.

Zah Ciel, mon cher Papa, pouvez-vous croire?...

LEANDRE.

Taisez-vous, menteur impudique.

VISAUTROU.

Mais quand je vous dis. Je crois bien qu'on croira que je mérite qu'on me croye.

LEANDRE.

Taisez-vous, te dis-je. Il convient ben à une espéce de votre façon d'outrager l'honneur d'une fille qui l'a aussi propre que Mamselle Isabelle.

VISAUTROU.

Quoi, zelle osera me soutenir.

ISABELLE.

Vous en avez menti, renégat de Juif. Si ce n'était le respect que je dois à mon père & à mon état, je vous aurais déja donné plus de dix mille soufflets.

LEANDRE,

Faut lui pardonner, il croit parler zencore à des culs.

VISAUTROU.

Ne faites pas tant le fier , je connais des culs qui zont meilleure mine que votre visage.

CASSANDRE.

Monsieur, vous êtes un insolent , & je vous promets que vous ne verrez ma fille ni pardevant ni par derrière.

VISAUTROU.

Pardine , est-ce qu'on s'en soucie, une pucelle qui a déja fait quatre enfans sans les fausses couches.

LEANDRE.

Monsieur Cassandre, écoutez. J'ai deux petites graces à vous demander, la première, c'est de me permettre d'écarteler Monsieur en votre présence, & la seconde de me faire épouser votre fille tout-à-l'heure.

CASSANDRE.

Ce que vous dites là est tout naturel & tout simple ; mais en second lieu pour vous donner ma fille , je voudrais sçavoir à qui.

LEANDRE.

Je m'appelle , Monsieur, le beau Léandre. Gilles ici absent connaît ma z'extraction, ayant été mon valet-de-chambre-laquais pendant trois années. Mon père qui zest encore aujour-

d'hui

d'hui Carillonneur à S. Jacques du Haut-pas,
est né natif de Brive-la-Gaillarde , & ma mère
de Guignes la Putain , M. Niquedouille mon
oncle était zami de votre père.

CASSANDRE.

Vla qui zest suffisant.

LEANDRE.

Pour mon bien , s'il faut un douaire & un
prépuce à votre fille, je le lui assigne sur un
moulin que j'ai dans le Pays de Javelle , qui
zest d'un rapport de trente-deux livres cin-
quante-trois sols sept deniers.

GILLES.

Queux richesses !

CASSANDRE.

C'est à vous, ma fille, à consentir.

ISABELLE.

Vous sçavez ben que de votre main je suis
fille à tout prendre ; mais j'ai un chagrin de
voir que M. Léandre s'entête à rester dans le
service du Militaire , il est bien douloureux
pour une femme d'avoir un mari qui z'est toujours à la veille d'être coupé dans une bataille
par morceaux.

LEANDRE.

Ça suffit, ma Zisabelle , je ferai comme

Hercule auprès de Cléopatre ; je préférerai
l'amour à la gloire. Je prendrai votre fonds &
celui de M. vôtre père , & dès aujourd'hui je
me fais Aubergiste en survivance.

ISABELLE.

Me vla contente.

CASSANDRE.

Tout z'est dit.

GILLES.

Et demain tout sera fait.

CASSANDRE.

Allons signer nos signatures. Mais j'ai t'à
mon tour une grace à vous demander , c'est
de ne pas troubler la gaîté de ce joyeux jour,
& de n'assommer M. Visautrou que le lende-
main de la nôce.

LEANDRE.

Monsieur , je n'ai rien à vous refuser.

ISABELLE.

Et moi je vous supplie qu'on lui pardonne.

LEANDRE.

Ça fait bien voir la générosité de votre
pudeur.

GILLES.

Par la vertu de mes fesses vous ne voyez

pas que vla que zon bâille. Tirons d'ici nos chausses. Allons nous mettre le ventre à table & le cul à l'air, ce qui zeft une chofe très-gracieufe dans les chaleurs de la Canicule.

F I N.

VAUDEVILLE

Pefament.

Isabelle.

Quand z'un doux suborneur d'amant
Se sent vers nous son cœur qui roule,
Il nous trousse un petit compliment
Puis dans l'oreille il nous le coule,
Dès que le jeu nous plait
Il nous mande un billet
Avec douceur il le fait prendre,
Ou dans la main il nous le met
Quand il est dedans tout est fait
Dam' voila comme on devient tendre.

Cassandre.

Quand un barbon aluquibus
Autour de lui fille sautille
Zon lui dit cent jolis rebus
On le tire par sa bequille
Il donne enfin dedans
Il lui fait des présens
Il ne scait pas vieille bicoque
Que lon nouri de son ecu
Celui la qui le fait cocu
Dam' voila comme on les escroque.

Vilautrou.

Quand un tendron de mon talent
Se sent besoin pour quelque chose
Je dresse mon p'tit lavement
Et puis joliment je lui pose
        D'abord ça fait douleur
        Mais j'ai tant de douceur
En insinuant mon clistère,
Que dès qu'il le faut retirer
On voudroit le sentir rentrer
Dam' voila comme il faut le faire.

Gilles. aux Dames.

Quand un Poëme est d'un'bonne odeur
Mes dam's avant qu'on vous l'presente
On le fait couper à l'auteur
Afin de mieux remplir votre attente
        On scait ben que dans l'fond
        Ça n'est jamais trop long
Mais le court fait mieux votre affaire
Et quand chacun de nous se sent pret
Sur le theatre on vous le met
Dam'voila comme on veut vous plaire.

www.ingramcontent.com/pod-product-compliance
Ingram Content Group UK Ltd.
Pitfield, Milton Keynes, MK11 3LW, UK
UKHW021122140726
13695UKWH00004B/1656